MON ROMAN DE L'AVENT



# Le Noël de Clara la petite sorcière

Natacha Godeau
Miss Paty

AUZOU

# Bienvenue !

Voici un roman pour t'accompagner jusqu'à **Noël !**

**Chaque jour du mois de décembre** et jusqu'au réveillon, aide-toi d'une règle pour découper les pointillés et **ouvrir le chapitre du jour,** comme avec un **calendrier de l'Avent !**

Tu découvriras alors un nouveau chapitre de l'histoire, à lire seul(e) ou avec un adulte. **C'est toi qui décides !**

Bonne lecture !

1er
décembre
ÉCOLE

# Debout, Clara!

Driiing! La sonnerie du réveil retentit. Clara tend paresseusement la main vers sa table de chevet. Un rayon surgit alors de son index, frappe le réveil et zapf! il l'éteint. Puis, la jeune sorcière se lève en bâillant.

— Debout, MistiNoir! lance-t-elle au gros chat lové sur un coussin, au pied de la fenêtre.

Clara l'envie. Les chats ont trop de chance de pouvoir dormir toute la journée, ce n'est pas juste... Et zapf! elle ouvre les rideaux.

— Oh, il neige! s'exclame-t-elle, ravie.

— Pas question que je mette une seule patte dehors par ce froid ! bougonne MistiNoir avant d'entreprendre sa toilette matinale.

Clara pirouette en riant. Le mois de décembre commence sous la neige, on croirait un de ces contes de fées qu'elle aime tant ! Zapf ! une pluie d'étincelles enchantées tombe sur ses épaules, et la voici douchée, coiffée, habillée, fin prête pour la journée.

Peut-être qu'elle va enfin se faire un ami, à sa nouvelle école...

Dans la cuisine, ses parents l'attendent pour le petit-déjeuner. Avant toute chose, les trois sardines de MistiNoir... Puis Clara s'attable devant son bol de chocolat chaud. Et zapf ! son couteau se met à beurrer une belle tranche de pain frais.

— Ne fais pas ça ! gronde alors sa mère. Nos pouvoirs ne doivent être utilisés qu'en cas d'extrême nécessité !

Contrariée, la fillette fronce les sourcils. À quoi bon être une sorcière si elle ne peut en profiter? Si les autres enfants connaissaient ses pouvoirs, à coup sûr, ils l'adoreraient tous! Pourtant, ses parents ne cessent de lui affirmer le contraire. « La magie n'est pas le meilleur moyen de se faire des amis! » Bon, d'accord, ils savent sûrement de quoi ils parlent, ils sont sorciers depuis plus longtemps qu'elle... Et puis, même MistiNoir partage leur avis! « Tes parents ont raison, Clara! » répète-t-il tout le temps de son ton prêchi-prêcha. Et ça, vraiment, c'est ce qui agace le plus la jeune sorcière!

— Ouvrons la case du calendrier de l'Avent, suggère soudain le père de Clara afin de changer de sujet. Nous sommes le lundi premier décembre.

La fillette décroche le joli calendrier ensorcelé qui scintille au mur de la cuisine. L'image animée du jour représente un vieux matou qui

bavarde à tort et à travers et reçoit une boule de neige en plein museau. Clara éclate de rire.

— Prends ça comme un avertissement, MistiNoir !

Sur quoi, elle embrasse ses parents et s'en va pour l'école. Le chat la suit en ronchonnant.

— Cette neige horrible me glace les pattes...

Il se risque à faire quelques pas supplémentaires, renonce brusquement, bien décidé à rentrer au chaud à la maison, en s'écriant :

— Je ne peux pas t'accompagner dans ces conditions, Clara !

La fillette secoue la tête, amusée. Il a un sale caractère, mais c'est un véritable chat de sorcière, et c'est comme ça qu'elle l'aime !

— MistiNoir, tu n'es qu'un frileux-paresseux ! le taquine-t-elle de loin.

L'air très digne, il se retourne sur le pas de la porte et réplique :

— Sois sage à l'école et à ce soir !

À ces mots, un paquet de neige se détache d'une branche, juste au-dessus de sa tête... et splaf ! il s'écrase sur son museau.

— Nom d'un matou pelé ! hurle MistiNoir, vexé.

Caché derrière le muret du jardin voisin, un garçon nommé Willy écarquille les yeux, stupéfait.

« Le chat de Clara sait parler ! songe-t-il, un peu apeuré. Ça alors, je le savais bien, qu'elle était bizarre... Je me demande ce que les autres diront quand ils apprendront ça ! »

BOOKiQUE

2
décembre
ÉCOLE

# Brr! C'est froid!

Clara se sent seule, à l'école, ce mardi. Willy a parlé de MistiNoir aux autres élèves et plus personne ne veut s'asseoir à côté d'elle.

Bizarre : un chat qui parle, c'est pourtant intéressant, non ? Clara a du mal à comprendre que ses camarades de classe aient peur. Elle, elle est super fière d'être une sorcière !

Avant de commencer la leçon, la maîtresse annonce :

— Les enfants, cette année, notre classe organise la kermesse de Noël de l'école. Celle-ci aura lieu le vingt-deux décembre. Le meilleur stand

recevra le premier prix. Il s'agit de tickets pour les spectacles de marionnettes de la foire de Noël. Qui se porte volontaire pour participer ?

— Moi ! s'écrie aussitôt Willy.

— Moi ! Moi ! renchérissent Basile et Élodie.

— Parfait, vous vous occuperez des stands des jeux et des décorations, dit la maîtresse.

À son tour, Laura lève la main.

— J'aimerais me charger du stand des gâteaux et des friandises, propose-t-elle.

Clara réfléchit rapidement. Elle est super forte pour faire des gâteaux. Et puis, si elle proposait d'aider Laura, elle pourrait se faire enfin une vraie amie... et remporter le premier prix !

— S'il vous plaît, maîtresse, je peux faire équipe avec Laura ?

— J'espère que ce sera amusant ! s'empresse d'accepter la petite fille en souriant.

À l'heure de la récréation, Clara s'installe sur le banc du préau, à côté de la grille d'entrée.

Elle a besoin de discrétion pour finir ses devoirs... Et zapf! son stylo-plume écrit sa rédaction de français à sa place!

— J'aurais dû m'en douter! miaule alors une voix pleine de reproches.

Clara sursaute. Elle jette un coup d'œil dans la rue, et aperçoit MistiNoir en balade!

— Qu'est-ce que tu fais là? chuchote-t-elle, surprise.

— Je me gèle les pattes, bougonne le chat. Mais j'avais besoin d'un peu d'exercice.

Clara lève les yeux au ciel d'une mine agacée. MistiNoir l'espionne, voilà tout!

— File à la maison avant que Willy ne t'entende à nouveau! souffle-t-elle.

Mais le chat ne bouge pas.

— Tu dois écouter ta sorcière! s'impatiente alors Clara.

À cet instant, Willy arrive en courant après un ballon. Il pousse un cri.

— Je le savais ! Clara est une sorcière ! Elle vient de l'avouer !

MistiNoir déguerpit sans demander son reste. La fillette soupire. Dire qu'il suffirait d'un petit zapf ! de rien du tout pour apprendre les bonnes manières à Willy...

Intriguée par ses cris, Laura s'approche.

— C'est affreux, il faut que tu refuses de faire équipe avec Clarabosse ! dit le garçon.

— Moi, je ne vois rien d'affreux à part toi ! riposte la fillette d'un ton ferme.

Vexé, il s'éloigne en silence.

— Tu ne crois pas que je suis une sorcière ? demande alors Clara à Laura.

— Je crois surtout qu'une sorcière ferait taire Willy d'un coup de baguette magique ! réplique la petite fille.

Clara la regarde en souriant. Ensemble, elles vont tenir le meilleur stand de toute la kermesse de Noël de l'école !

— Il n'y a pas classe demain, c'est mercredi, lance-t-elle alors. Tu veux venir à la maison pour parler de notre stand ?

— Génial, tu me présenteras ton fameux chat ! pouffe Laura.

Clara est ravie. On dirait bien qu'elle est en train de se faire une nouvelle copine ! Le soir venu, elle fredonne gaiement en rentrant chez elle. Elle longe le muret d'enceinte du parc Saint-Paul, lorsqu'un pépiement aigu s'élève du trottoir.

— Pirip ! Pirip ! Pirip !

La petite sorcière aperçoit un rouge-gorge par terre, les pattes prises dans une flaque gelée. Ça alors... Que lui est-il donc arrivé ?

BOOKiQUE

3
décembre
ÉCOLE

# Petites chat-mailleries

Youpi, c'est mercredi ! En attendant Laura, Clara s'occupe du rouge-gorge qu'elle a ramené la veille à la maison.

— Les chats sont plus fascinants que ces oiseaux ridicules, feule MistiNoir, jaloux, roulé en boule sur son coussin.

— J'espère que Robin aime sa boîte à cookies remplie de brins de laine, murmure Clara.

— Parce qu'il s'appelle Robin ?

— Bien sûr, rétorque Clara, amusée. Tous les rouges-gorges de Noël s'appellent Robin, je te signale !

Assise à son bureau, elle vient de bricoler un confortable petit nid pour l'oiseau rescapé. MistiNoir, boudeur, détourne le regard. Et zapf! la guirlande de Noël qui orne la fenêtre lui tombe brusquement sur la tête. Clara s'esclaffe. Quelle bonne blague de sorcière!

Plus grognon que jamais, MistiNoir fait cette fois semblant de dormir.

— Puisque Robin n'a plus besoin de rien, je vais finir de décorer ma chambre pour Noël! décide gaiement Clara.

Et zapf! zapf! zapf! un renne en bois par-ci. Une boule à neige par-là. Quelques étoiles scintillantes au plafond. Un lutin sur l'armoire...

— Et des paillettes pour MistiNoir! s'amuse la fillette, taquine.

Le matou aperçoit son reflet étincelant dans la vitre de la fenêtre. Le résultat est assez flatteur pour son teint, c'est vrai. Mais il ne va quand même pas l'avouer! Et, sans un mot, il bondit sur le lit où, d'un air de défi, il s'affale au beau milieu de l'oreiller, ferme les yeux et se met à ronfler.

Dès son arrivée, Laura se précipite sur MistiNoir pour le caresser.

— Oh, il est trop mignon ! s'émerveille-t-elle. J'adore les chats !

Vite, Clara fait signe à MistiNoir pour qu'il agisse comme un matou ordinaire. Il se contente donc de ronronner avant de retourner sur son coussin de velours. Au passage, il frotte tendrement sa tête contre la jambe de Clara. Et zapf ! une belle tranche de pâté apparaît dans sa gamelle.

— Tu as aussi un rouge-gorge ? ajoute Laura, stupéfaite, en apercevant Robin dans sa boîte.

— Je l'ai trouvé près du parc Saint-Paul, hier, en rentrant de l'école, confie Clara.

Laura n'en revient pas.

— Incroyable... Et MistiNoir n'essaie pas de le dévorer?

Ce dernier se retient de protester à haute voix. Seuls les chats de gouttière mangent les oiseaux sauvages, voyons! Clara, devinant ses pensées, se dépêche de changer de sujet :

— Maman nous a préparé du pain d'épice, pour le goûter. On descend à la cuisine?

Laura accepte avec joie et, peu après, les deux amies se régalent à table. Zapf! la mère de Clara prend soin de figer le calendrier de l'Avent animé qui est suspendu au mur. L'image du jour représente justement un plat de tranches de pain d'épice.

— Je suis enchantée de te rencontrer, Laura, lance-t-elle ensuite en souriant. Grâce à toi, Clara sera enfin moins seule.

— Maman..., marmonne la jeune sorcière, gênée.

— T'inquiète, lui souffle alors son amie. Mes parents m'ont dit exactement la même chose, tout à l'heure, en me conduisant ici. Ils m'ont aussi donné une idée, pour notre stand de Noël. On en parle?

Clara hoche la tête.

— Oh oui! Je me demande ce qui serait assez original pour gagner le premier prix de la kermesse...

BOOKiQUE

4
décembre
ÉCOLE

# Les forains

Driing ! La sonnerie retentit. C'est la fin des cours ! Les élèves quittent leur classe en riant et en bavardant.

— On y va, Clara ? s'exclame Laura.

— Oui, dépêchons-nous !

Elles sortent de l'école. Intrigué de les voir si pressées, Willy leur emboîte le pas.

— Vous allez où ? interroge-t-il.

— La curiosité est un vilain défaut, rétorque Clara. Tu ferais mieux de t'occuper de ton stand pour la kermesse. Regarde, il y a justement ce qu'il faut, là-bas.

Et zapf! un vieux carton plein de guirlandes apparaît sur le trottoir.

— Ça alors, qui a bien pu jeter tout ça? s'étonne Willy.

— C'est vrai, c'est étrange, admet Laura, surprise elle aussi, avant d'ajouter : mais c'est un sacré coup de chance pour toi!

Incapable de résister à la tentation, Willy fonce fouiller dans le carton et les fillettes en profitent pour s'éloigner rapidement.

— J'espère que nous aussi, on aura de la chance! remarque peu après Laura en arrivant au parc Saint-Paul avec Clara.

La jeune sorcière secoue la tête.

— Pas besoin de chance pour nous, tes parents ont eu une bonne idée, les forains sont là. Allons voir leurs stands pour nous en inspirer!

Sans hésiter, elles franchissent la grille du parc et découvrent que les forains, en plus de

leurs baraques habituelles, ont installé un marché de Noël.

Les fillettes se baladent entre les stands avec bonheur. C'est trop rigolo !

Il y a là un jeu de Chamboul'tout, un manège de chevaux de bois, une pêche aux canards, des gaufres, de la barbe à papa, un théâtre de marionnettes. Sans oublier les adorables petits chalets où l'on vend des écharpes, des figurines en verre, des biscuits, des fruits confits, du massepain, des gâteaux et des joujoux aussi...

— Oh là là, ça me donne plein de super idées pour la kermesse de l'école, on va gagner le premier prix ! se réjouit Laura. Je rentre vite à la maison écrire tout ça avant d'oublier !

Et zou, elle file comme une flèche. Au même instant, un pépiement familier attire l'attention de Clara.

— Pirip ! Pirip ! Pirip !

— Robin ? s'étonne la petite sorcière en apercevant le rouge-gorge sur la grille. Tu as retrouvé ton nid du parc ? C'est super ! Je parie que c'est MistiNoir qui t'a ouvert la fenêtre de ma chambre.

— Pirip ! Pirip ! Pirip ! répond joyeusement l'oiseau.

Aussitôt, il s'envole d'un coup d'ailes à travers les arbres.

Clara sait bien qu'il est défendu de quitter le sentier principal. Pourtant, elle comprend que le rouge-gorge désire qu'elle le suive. Alors elle se rue après lui, enchantée que le gardien ne la voie pas passer.

Elle retrouve Robin de l'autre côté des arbres, juché cette fois sur le toit du petit théâtre de marionnettes.

— Pirip ! Pirip ! Pirip ! s'égosille-t-il en sautillant sur place comme un ressort.

Clara s’approche avec curiosité... quand un garçon avec un long bonnet de coton vert et une écharpe rayée surgit brusquement des coulisses. Il se sauve en ignorant son appel :

— Hé, attends, reviens !

BOOKiQUE

5
décembre
ÉCOLE

# Un pantin terrifiant

Ce matin, Clara ne parvient pas à se concentrer, en classe. Impossible de détacher ses pensées du petit théâtre de marionnettes du parc Saint-Paul et du mystérieux garçon !

Aussi, lorsque la maîtresse demande :

— Qui peut me donner le nom d'un roi de France ?

Clara s'écrie malgré elle :

— Guignol !

Et tout le monde éclate de rire. Enfin, sauf la maîtresse. Clara a si honte que ses joues restent rouges jusqu'à l'heure du déjeuner !

— Tu nous as bien fait rigoler en classe, tu ferais mieux de t'occuper d'un stand de clowns ! se moque Willy en passant devant sa table.

La fillette se contente de hausser les épaules. Zapf ! et... non, rien du tout. Willy est trop bête, il ne mérite pas qu'elle gaspille un sortilège contre lui pour se venger !

— Je suis de ton côté, mais je ne comprends pas pourquoi tu as répondu Guignol, demande alors Laura, perplexe, en s'asseyant près d'elle à la cantine.

Clara pousse un soupir agacé.

— Parce que j'étais distraite, je pensais aux marionnettes des forains...

— Tu as vu un spectacle, hier ? questionne sa camarade, l'œil brillant d'envie.

— Non, mais peut-être qu'il y en aura un aujourd'hui ?

Alors, en fin de journée, les fillettes reprennent le chemin du parc avant de rentrer chez elles.

En chemin, Clara regarde autour d'elle. Elle donnerait tout pour revoir le garçon au bonnet, il s'est enfui d'une façon si bizarre, la veille...

— Voici le théâtre ! dit-elle finalement, impatiente d'en apprendre plus.

— Il est fermé, regrette Laura. Dommage, je voulais demander au marionnettiste s'il accepterait de nous prêter un décor, pour notre stand... Tu crois qu'on peut essayer de visiter les coulisses, pour voir les marionnettes ?

Clara hésite. Cette fois, Robin n'est pas là pour lui conseiller d'entrer !

— On n'a qu'à frapper, insiste Laura, bien décidée.

Toc ! Toc ! Toc ! cogne-t-elle à l'arrière de la petite baraque. Et criii ! la porte s'entrouvre en crissant...

Les fillettes s'engouffrent à l'intérieur du petit théâtre. Elles restent sur leurs gardes, veillant à ne pas déranger le moindre objet.

Elles découvrent des coffres à accessoires, de minuscules costumes de poupées, des décors peints et des dizaines de marionnettes à fils adossées aux parois de bois, leurs lourdes paupières laquées souvent fermées sur leurs yeux de verre.

Clara et Laura savent toutes deux qu'elles ne doivent pas s'attarder. Pourtant, elles ne font rien de mal...

— Oh là là, quel magnifique pantin du Chat Botté ! souffle Laura, émerveillée. Et cette

princesse ! Et ce dragon ! Et ce lutin de Noël, avec son long bonnet de coton rayé, on dirait qu'il fait la sieste !

Clara se rappelle soudain que le garçon portait presque le même bonnet. Intriguée, elle contemple le pantin en silence lorsque, cling ! il soulève une paupière...

— Il prend vie ! panique Laura. Fuyons !

Elles sortent en courant.

— C'est de la magie ! bredouille-t-elle, sidérée. Clara, c'est toi qui as fait ça ?!

La fillette secoue la tête. Bien sûr que non !

Mais dans ce cas... d'où provient cette magie ?

BOOKiQUE

6
décembre
ÉCOLE

# Vous avez un message !

En se réveillant, ce matin, Clara pousse un soupir de soulagement. C'est enfin le week-end, et elle a décidé d'en profiter au maximum !

— Tu as invité Laura ? demande MistiNoir à la fillette.

— Non, pas du tout, répond-elle, attristée. Hier, elle m'a soupçonnée d'être une sorcière. Tu imagines, si elle découvre que j'en suis vraiment une ? Elle a cru que j'avais fait bouger la marionnette du lutin… mais ce n'était pas moi !

MistiNoir bondit sur les genoux de Clara.

— En même temps, tu aurais pu le faire, remarque-t-il en gloussant tout bas. Mais est-ce qu'elle s'est moquée de toi, comme Willy ?

Clara fait vite non de la tête. Le chat noir en conclut d'un ton réconfortant :

— Alors tu vois, elle est toujours ton amie. Et tant mieux, car vous devez remporter le premier prix du stand de la kermesse ! À propos, tu as des idées de pâtisseries ?

— J'ai pensé à des bonshommes de pain d'épice recouverts de sucre glace pour qu'ils ressemblent à des bonshommes de neige, révèle la petite sorcière. Je vais en préparer quelques-uns, je les montrerai lundi à Laura et puis on en parlera !

Plus tard dans la journée, Clara s'amuse dans le jardin. Avant d'aller au centre commercial, ses parents ont déblayé la neige. Mais, heureusement, il en reste assez pour confectionner

un bonhomme de Noël! Toujours aussi frileux, MistiNoir observe la fillette depuis le rebord de la fenêtre du salon.

— Bravo, il est très réussi! miaule-t-il.

— Sauf qu'il manque le plus important, réplique mystérieusement Clara.

Et zapf! un long bonnet de coton rouge apparaît sur la tête du bonhomme de neige.

— J'espère que personne n'a vu ce sortilège, souffle MistiNoir, taquin.

— Moi, j'espère que personne ne t'entend bavarder! réplique Clara sur le même ton.

À cet instant, Robin traverse la rue à tire-d'aile et les rejoint en pépiant.

— Pirip! Pirip! Pirip! fredonne-t-il du haut de la branche du pommier où il s'est posé.

— Hé, coucou, tu vas bien? s'exclame la petite sorcière, ravie de le revoir.

— Pirip! Pirip! Pirip! répond MistiNoir en imitant le rouge-gorge d'un air moqueur.

Brusquement, Clara aperçoit Willy qui l'espionne, dans le jardin de la maison voisine... et le garçon n'en revient pas !

— Ton chat, il sait chanter comme un oiseau ?! s'écrie-t-il, stupéfait.

— Tu crois déjà qu'il parle, après tout, je ne vois pas ce que ça aurait de plus extraordinaire, riposte la sorcière.

Willy rentre chez lui en courant. Ce chat est ensorcelé, il en est sûr et certain. Et il fera tout pour le prouver aux autres !

— Maintenant qu'on est sûrs qu'aucune oreille indiscrète ne traîne, parlons de choses

sérieuses, déclare alors MistiNoir. Robin n'est pas revenu sans raison, j'imagine...

— Il veut un peu de maïs et d'eau sucrée! croit deviner Clara.

Mais le chat bondit du rebord de la fenêtre et, marchant dans la neige sur la pointe des pattes, il va ramasser une enveloppe que le rouge-gorge vient de lâcher de son bec au pied du pommier.

— Qu'est-ce que c'est? demande Clara, intriguée.

Elle récupère la lettre que le chat tient entre ses dents et découvre avec stupéfaction qu'elle lui est adressée.

— Oh, quelle chance! s'exclame-t-elle, émerveillée. Et c'est écrit avec de l'encre scintillante... Mais qui a bien pu m'envoyer un petit mot en utilisant Robin comme messager?!

BOOKiQUE

7
décembre
ÉCOLE

# Comme on se retrouve!

Le dimanche, Clara s'ennuie toujours beaucoup. En général, ses parents préfèrent profiter de leur jour de repos à la maison. On dirait que tout le monde dans cette ville a quelque part où aller ce jour-là... sauf elle!

— Une sorcière qui s'ennuie, c'est un comble! déplore MistiNoir tandis que cette dernière s'écroule sur son lit en poussant un long soupir.

— Je ne vois pas pourquoi, réplique-t-elle d'un ton grognon.

— Parce que tu as de l'imagination, des pouvoirs, un merveilleux chat qui parle...

— … et un message incroyable que m'a livré Robin hier ! termine Clara en tirant l'enveloppe froissée du fond de sa poche.

MistiNoir bondit de son coussin et vient se lover contre la fillette en ronronnant.

— Oui, c'est vrai, il y a cette lettre étrange aussi… Tu me la relis ?

Clara hoche la tête, déplie la feuille de papier ancien et commence :

*Damoiselle Clara,*
*Être une sorcière n'est pas facile, hélas !*
*Même si, comme moi, vous cachez votre magie,*
*Certains ont peur de vous, d'autres sont jaloux,*
*Et vous vous sentez bien seule en classe.*
*Par chance, Laura est maintenant votre amie,*
*Mais je souhaite également vous aider,*
*Et vos pouvoirs secrets resteront bien gardés !*
*Que l'enchantement des fêtes de Noël*
*Nous rende dès aujourd'hui la vie plus belle !*

— Quelqu'un a découvert mon secret! conclut la fillette. Mais le message n'est pas signé. De toute manière, je ne vois pas comment cette personne pourrait m'aider...

— Tu oublies qu'elle possède des pouvoirs magiques, elle aussi, articule MistiNoir d'un ton plein de mystère.

Clara est bien obligée de l'admettre : une fois de plus, son chat a raison!

— Réfléchis un peu! ajoute-t-il. Robin doit connaître l'identité de celui ou celle qui lui a remis ce petit mot pour toi...

La jeune sorcière hésite. La vérité, c'est qu'elle est un peu inquiète à la perspective de rencontrer quelqu'un qui aurait autant de pouvoirs qu'elle...

— Papa et maman ne seraient pas très contents, estime-t-elle. Et puis cette personne écrit « damoiselle Clara ». C'est n'importe quoi, on n'est pas dans un conte de fées!

MistiNoir éclate de rire.

— Non, pas un conte de fées... mais sans doute un conte de sorcières ! lance-t-il, l'œil brillant de gaieté. Moi, je trouve ça passionnant. Tu devrais enquêter un peu, tu t'ennuierais moins.

— En fait, pourquoi pas ? s'exclame tout à coup la fillette. Si celui ou celle qui m'a écrit veut me jouer un tour, je n'aurai qu'à lui répondre d'un coup de ma super magie ! Bonne idée, je vais voir Robin !

Et ni une ni deux, elle enfile son manteau, descend l'escalier et sort rapidement, MistiNoir sur les talons.

— Tu n'es pas obligé de m'accompagner, espèce d'incorrigible curieux, souffle Clara en prenant une nouvelle fois la direction du parc Saint-Paul.

À ces mots, tous les poils du chat se hérissent sur son dos.

— Si tu retournes à la pâtisserie du marché de Noël, je veux goûter aux choux à la crème ! riposte-t-il en se pourléchant les babines.

Lorsqu'ils arrivent peu après sur les lieux, ils repèrent Robin qui les guette, perché au sommet de la grille d'entrée.

Soudain, l'oiseau fonce sur eux en piqué en pépiant à tue-tête. Et il lâche à leurs pieds un vieux livre avant de s'enfuir en sens inverse à tire-d'aile…

BOOKiQUE

8
décembre
ÉCOLE

# Le grimoire

Le lendemain, MistiNoir rattrape la petite sorcière sur le chemin de l'école.

— N'aurais-tu pas oublié quelque chose, Clara ? miaule-t-il.

— Non, MistiNoir, j'ai fini mes devoirs, j'ai tout écrit moi-même sans tricher et…

— Je te parle du grimoire ! l'interrompt le matou en s'asseyant sur le trottoir, juste devant elle, pour l'obliger à s'arrêter.

Clara fronce les sourcils. Ce n'est pas un *grimoire* qu'elle a ramassé hier ! D'accord, elle a bien compris qu'il s'agit d'un livre enchanté et

elle est très curieuse, mais... au fond, elle se méfie un peu de ce livre venu d'on ne sait où.

— Oh, ce vieux bouquin qu'a perdu Robin, répond-elle d'un air indifférent. Je l'ai laissé exprès à la maison, je n'en ai pas besoin...

MistiNoir n'en croit pas ses oreilles.

— Mais c'est un livre de recettes ! insiste-t-il. C'est pile ce qu'il vous faut, à Laura et à toi, pour votre stand de bonbons et de gâteaux !

— On se débrouillera sans lui, affirme Clara. Je suis très forte en pâtisserie. Et Laura sait confectionner toutes sortes de friandises...

Et zapf ! un rayon rose vif éloigne brusquement MistiNoir de sa route.

— Nom d’un matou pelé ! bredouille-t-il, surpris, avant d’articuler tout bas : parfait, Clara, n’écoute pas mes conseils, mais *Magicus Felinus*...

Il pointe une griffe en direction de sa sorcière, plisse le museau et récite :

— *Que le livre de recettes apparaisse dans ton sac à dos !*

Sur quoi, MistiNoir repart au triple galop à la maison tandis que Clara accélère le pas de peur d’arriver en retard à l’école.

Clara et Laura profitent de la récréation pour effectuer les dernières mises au point de leur projet commun, pour la kermesse.

— Voici un plan du stand, dit Laura en ouvrant son cahier à dessins. Tu aimes ?

— C’est très joli ! souffle Clara, ravie. J’espère qu’on pourra tout décorer aussi bien !

Son amie sourit avec fierté.

— C'est la foire qui m'a donné l'idée de faire un stand en forme de petit théâtre. C'est original, non ? On pourrait poser des marionnettes au milieu des bocaux de friandises et de bouchées au chocolat ?

— Oui, et on proposera du pop-corn salé, enchaîne Clara. Et des gâteaux rouge et vert, avec des décorations de Noël en pâte à sucre… Je t'ai apporté ma spécialité, pour te montrer.

Elle sort un bonhomme de pain d'épice de son sac. Grâce au glaçage blanc, Laura reconnaît immédiatement un bonhomme de neige.

— Super ! s'exclame-t-elle. Il faudrait en préparer des tas de petits et quelques-uns carrément maxi ! Oh, qu'est-ce que c'est que ça ?

Elle vient d'apercevoir un vieux livre aux pages dorées sur tranche, dans le sac de Clara. La sorcière fronce les sourcils en reconnaissant le grimoire. Encore un coup de MistiNoir, bien entendu !

Mine de rien, elle le tend à Laura.

— C'est un manuel de recettes, je l'ai trouvé dans un tiroir de la cuisine...

— Il est quand même bizarre, non? dit son amie en le feuilletant. Les pages scintillent. Et tu as vu, les noms des gâteaux? « Sortilège Glacé », « Baba Abracadabra »... Oh! Il y en a un en forme d'oiseau qui s'appelle « Robin de Noël »! Et puis regarde, il porte un long bonnet de nuit comme, comme...

— Comme celui de la marionnette du lutin? réalise Clara d'une voix hésitante.

Laura la dévisage avec gravité.

— Dis-moi, Clara, tu es sûre que ce livre vient de ta cuisine?

La petite sorcière rougit.

Comment répondre à cette question?

BOOKiQUE

9
décembre
ÉCOLE

# Il ne faut jamais écouter aux fenêtres !

Ce soir, dans sa chambre, Clara s'inquiète. Elle n'a pas avoué à Laura qu'elle est une sorcière, évidemment !

Mais hier, son amie a tout de suite compris que le grimoire était magique. Et elle n'a pas arrêté de demander à Clara de faire certaines des recettes avec elle, pour voir !

— Tu n'aurais jamais dû mettre le livre de Robin dans mon sac à dos, MistiNoir ! bougonne la sorcière.

Caché sous sa couverture, le matou nie effrontément.

— Moi ? Mais je n’y suis pour rien !

Et zapf ! son adorable petite langue rose se transforme en fourche de serpent.

— D’accord, j’ai menti, avoue alors MistiNoir afin d’annuler le mauvais sort. Mais si j’ai fait ça, c’était pour rendre service.

— Félicitations, c’est réussi ! ironise Clara. Laura veut essayer les recettes magiques maintenant, c’est malin…

— Ben oui, c’est très malin ! riposte le matou. Le mystérieux inconnu qui veut t’aider a chargé Robin de t’apporter le grimoire parce que grâce à ça, tu auras des pâtisseries extraordinaires à proposer à la kermesse.

Le visage de la petite sorcière s’illumine.

— Génial ! souffle-t-elle soudain. Cela me donne enfin une bonne raison de montrer mes pouvoirs aux autres enfants, à l’école !

— Il n’est surtout pas question de cela, réplique MistiNoir d’un ton ferme. Tu vas juste

confectionner normalement des gâteaux à la saveur magique... et tout le monde admirera ton talent de pâtissière !

Clara réfléchit un instant. Après tout, si elle n'utilise pas sa magie, rien ne l'empêche de tester une délicieuse recette ou deux... à condition toutefois de découvrir l'identité du mystérieux personnage qui lui a envoyé le grimoire !

— Tu commencerais par quel gâteau, à ma place ? interroge-t-elle MistiNoir.

Médusé par son changement d'avis si soudain, le matou frémit des moustaches. Clara sourit. Et zapf ! les pages du grimoire se mettent à tourner toutes seules à la recherche de la pâtisserie idéale...

— Ah, voici le choix de ma magie ! se réjouit-elle lorsque le vieux livre cesse enfin de s'auto-feuilleter. Il s'agit du « Flan Fantasia ». J'espère que les ingrédients magiques seront faciles à trouver !

C'est alors qu'un grand cri s'élève du dehors. Clara se précipite à la fenêtre et surprend Willy qui, cramponné à la balustrade, la surveille derrière la vitre.

— Qu'est-ce que tu fais là ?! tempête la petite sorcière en colère.

— Quelqu'un a retiré mon échelle ! rouspète Willy avant de crier à nouveau.

— Quoi ? Qu'est-ce qu'il y a encore ? s'impatiente Clara.

— Quelqu'un me tire les pieds !

Intriguée, elle scrute le jardin. Elle repère alors une silhouette qui s'enfuit après avoir piégé Willy en pleine séance d'espionnage. Une silhouette affublée d'un long bonnet de coton !

— Le garçon du théâtre ! lance-t-elle.

— Je ne sais pas qui c'est, mais il a enlevé mon échelle ! répète Willy.

Clara lui jette un regard noir.

— Et il m'a permis de découvrir que tu me surveillais ! crisse-t-elle, menaçante.

Et zapf ! un tourbillon invisible emporte Willy dans une tornade de furie avant de le déposer devant la porte de sa maison voisine. Tout étourdi, le garçon se frotte les paupières. Puis il se tourne vers la fenêtre de Clara qui l'observe toujours de loin, les yeux luisants de magie, et zou ! il rentre dare-dare chez lui.

« Il devrait renoncer à m'espionner, maintenant ! » espère la petite sorcière.

BOOKiQUE

10
décembre
ÉCOLE

# Que le spectacle commence !

Ce mercredi après-midi, Laura a invité Clara. Et, même si la petite sorcière fait semblant d'avoir oublié le grimoire de cuisine chez elle, les deux amies s'amusent beaucoup à préparer deux gâteaux du livre de recettes de Laura pour leur goûter... et pour les goûter !

— Miam, j'adore le cake de Noël aux noisettes ! se régale Clara. On pourra le proposer sur notre stand, le jour de la kermesse de l'école.

— Le moelleux à la pistache aussi ! renchérit Laura. Et comme il est vert, on n'aura qu'à

le décorer avec des lutins en pâte à sucre rouge et blanche.

Les fillettes décident de s'entraîner à confectionner d'adorables petits lutins comestibles. Clara s'applique tout particulièrement. Même sans sa magie, elle se débrouille plutôt bien !

— Super lutin, Clara ! s'écrie Laura. Tu veux voir le mien ?

Elle lui tend son personnage sucré, et la petite sorcière pousse un cri de stupéfaction. Son amie vient de réaliser un lutin avec un long bonnet rayé !

— Tu t'en souviens ? souffle-t-elle d'un ton inquiet. C'est la marionnette qui bougeait, dans les coulisses du théâtre...

Clara hoche la tête en silence. Sorcière ou pas, se retrouver face à un pantin qui prend vie, ça ne s'oublie pas !

— Pourquoi tu as fait ça ? demande-t-elle alors, intriguée.

— Pour qu'on en reparle ! répond Laura du tac au tac. C'est quand même un truc incroyable qui nous est arrivé, on ne peut pas faire comme s'il ne s'était rien passé !

Elle tire deux tickets de sa poche et ajoute :

— Maman nous a acheté des places pour le spectacle de marionnettes des forains. La représentation a lieu dans une heure. Il faut absolument qu'on y aille !

Clara grimace. Elle avait prévu de mener l'enquête de son côté pour pouvoir utiliser sa magie en cas de besoin. Pourtant, si elle refuse, Laura risque de trouver ça bizarre et de poser encore des tas de questions embarrassantes...

Alors, tant pis ! En route pour le parc Saint-Paul !

Il y a un monde fou, au petit théâtre de marionnettes. Toutes les places assises sont occupées, et le public attend en riant et en bavardant que le spectacle commence.

— Regarde, Clara, il y a un rouge-gorge sur le toit du théâtre ! s'exclame Laura. Il ressemble à Robin, non ?

La fillette sursaute. Non, cet oiseau ne *ressemble* pas à Robin. Cet oiseau, *c'est* carrément Robin ! Pourvu qu'il ne lui apporte rien devant son amie...

N'empêche, c'est quand même un drôle de hasard, qu'il soit perché sur le théâtre du garçon au long bonnet !

« C'est sûrement lui qui m'a envoyé la lettre et le grimoire, songe Clara. Et puis, je suis certaine que c'est lui aussi qui a piégé Willy l'autre jour, quand il m'espionnait. »

Plus intriguée que jamais, elle regarde avec soin autour d'elle. Hélas, le garçon n'est pas dans les parages...

Enfin, les trois coups retentissent, le rideau du petit théâtre s'ouvre, et le spectacle commence. La marionnette du Chat Botté apparaît.

— Bonjour, chers amis! Vous connaissez la fabuleuse histoire du Père Noël? Non? Hé bien, je vais vous la raconter! Tout commence à la frontière du pôle Nord...

— Le lutin! s'exclame Laura lorsque la marionnette surgit à son tour.

Et zapf! Clara regarde à travers la paroi des coulisses le visage du marionnettiste... Son pouvoir lui permet de confirmer ce qu'elle soupçonnait : il s'agit du garçon au bonnet! Pourquoi tout ce qui l'entoure semble-t-il si étrange?

BOOKiQUE

11
décembre
ÉCOLE

# Roule, roule, joli vélo !

Ce matin, Laura passe chercher Clara pour aller ensemble à l'école. Elle attend son amie sur le pas de la porte. Vite, la petite sorcière attrape son sac à dos et s'apprête à la rejoindre, lorsque MistiNoir l'arrête un instant dans l'escalier.

— Tu ne veux vraiment pas que je vous accompagne ? lui demande-t-il.

Elle secoue la tête.

— Inutile de te geler les pattes, MistiNoir. Fais plutôt la grasse matinée !

— Sois prudente en chemin ! lui conseille-t-il d'un air inquiet.

— Ne t'en fais pas, mon vieux matou, la case du calendrier représente deux fillettes qui éclatent de rire, répond Clara en se baissant pour le caresser gentiment. Je sens que Laura et moi, on va bien s'amuser !

Elle descend les marches en courant, sort en criant « bonne journée ! » à ses parents qui rangent le garage à grands coups de sortilèges, puis elle s'éloigne dans la rue avec son amie. Celle-ci l'interroge soudain :

— Tu n'as pas été trop déçue que la marionnette du lutin ne fasse rien de magique, hier ?

— Pas du tout ! s'empresse d'affirmer Clara.

Parce qu'en réalité, il est arrivé quelque chose d'extraordinaire : la marionnette bougeait toute seule pendant le spectacle... C'est incroyable, non ? Mais ça, la petite sorcière est la seule à l'avoir vu à travers la paroi

du théâtre ! Elle a aussi vu le garçon au bonnet, qui actionnait la marionnette du Chat Botté. Il la faisait parler, et la marionnette du lutin répondait elle-même !

— J’ai adoré la représentation ! ajoute Clara, l’œil brillant.

Laura acquiesce d’un mouvement de tête.

— Oui, moi aussi, ça m’a même donné encore plus envie de décorer notre stand sur le thème des marionnettes.

À ces mots, Willy, qui les suit sur le trottoir, se mêle à la conversation.

— Bonne idée, je vais décorer mon stand sur le thème des marionnettes ! s’écrie-t-il.

— Si tu nous copies, tu n’auras aucune chance de gagner le premier prix ! le prévient Laura.

Mais le garçon s’en fiche.

— N’importe quoi, réplique-t-il. Je raconterai à tout le monde que c’est vous, les copieuses, et voilà tout !

Il s'interrompt quand un vélo déboule sur la chaussée, roule dans une flaque de neige fondue et l'éclabousse au passage. Clara rit sous cape. Willy est recouvert de boue gluante, il l'a bien mérité !

— Je me vengerai ! s'égosille-t-il, hors de lui.

La petite sorcière hausse les épaules.

— Nous, on n'a rien fait. C'est le cycliste, le responsable !

Justement, ce dernier repasse en sens inverse et éclabousse à nouveau Willy. Clara écarquille les yeux, stupéfaite. Sur le vélo, là... c'est le garçon au long bonnet !

— Rentre chez toi te changer, Willy, recommande alors Laura. On expliquera à la maîtresse pourquoi tu es en retard.

Bon gré, mal gré, Willy rebrousse donc chemin, la tête basse, tandis que les deux fillettes s'esclaffent.

— Ce vélo est arrivé à pic pour nous rendre justice ! dit Laura.

— Oui, la justice triomphe toujours ! renchérit Clara.

Et zapf ! dans un rayon de magie invisible, une lettre de remerciements s'envole vers le parc, direction le petit théâtre de marionnettes de la foire... « Dès demain, songe la petite sorcière, je vais me débrouiller pour parler au garçon au bonnet ! »

BOOKiQUE

12
décembre
ÉCOLE

# La grande rencontre

C'est le dernier jour de classe avant le week-end. Quand la sonnerie retentit dans l'école, les élèves disent tous au revoir aux enseignants, puis ils quittent l'établissement et se séparent sur le trottoir en se criant gaiement : « À lundi ! » Laura et Clara ont décidé d'écrire chacune une liste des gâteaux et des bonbons qu'elles souhaitent confectionner ensemble pour la kermesse de Noël.

— Surtout, pense à utiliser ton drôle de livre scintillant, Clara ! recommande Laura.

La petite sorcière fait oui de la tête. Il faudra juste qu'elle prenne soin de ne pas choisir de recettes avec des ingrédients trop magiques !

— J'aimerais préparer le gâteau en forme d'oiseau, ajoute Laura d'un air mystérieux.

— Pourquoi ? s'étonne Clara. Tu ne sais même pas ce qu'il y a dedans !

— Je sais que c'est un rouge-gorge qui porte un long bonnet rayé, c'est une raison suffisante, non ? rétorque son amie en courant retrouver ses parents qui l'attendent en voiture.

Déconcertée, Clara fronce le nez. Quelle attitude étrange !

« Est-ce qu'elle sait, pour Robin et le garçon bizarre ? pense-t-elle. Il va falloir que je tire cela au clair... En tout cas, j'espère qu'elle ne m'a pas vue utiliser ma magie, papa et maman seraient trop fâchés ! »

Puis elle prend comme prévu la direction du parc Saint-Paul. Elle a hâte d'aller frapper à

la porte des coulisses du petit théâtre ! Elle a hâte d'en apprendre plus sur le garçon au bonnet !

Tout à coup, Robin fonce vers elle à tire-d'aile. Il se pose sur son épaule en pépiant joyeusement... et voici qu'une voix bougonne :

— Encore cet oiseau ! Mais, nom d'un matou pelé, c'est moi, le meilleur ami de Clara, pas lui !

— MistiNoir ! s'exclame la fillette en apercevant son chat sur le sentier. Que fais-tu là ?

— Je suis venu pour te conseiller.

— C'est gentil, mais j'ai déjà envoyé une lettre enchantée, hier, au garçon au bonnet, explique Clara. Je sais qu'il a des pouvoirs, il sait que j'en ai... alors je lui ai donné rendez-vous après la classe !

Au même instant, le garçon arrive en trombe sur le chemin.

— Je ne peux pas te parler maintenant, je suis pressé, j'ai un problème, à plus tard !

Et zou ! il repart aussi vite en sens inverse. La petite sorcière serre les poings de contrariété.

— Mais attends, reviens !

Et zapf ! elle envoie une longue corde dans sa direction pour le prendre au lasso. Heureusement, MistiNoir intervient aussitôt !

— *Magicus-Felinus !* récite-t-il. *Que la corde rate sa cible !*

Le lasso s'enroule autour d'une statue du parc. Clara est furieuse.

— Flûte et reflûte, je voulais l'attraper et l'obliger à tout m'expliquer !

— Ce que tu veux et ce qui doit être sont deux choses différentes, riposte MistiNoir. Mais, regarde, le garçon t'a laissé un petit mot...

En effet, Robin tient à nouveau un message dans son bec. Vite, Clara déplie la lettre...

*Damoiselle Clara,*
*Avant de révéler les secrets,*
*Il me faut la situation sauver !*
*Signé Elvy, votre ami enchanté à jamais*

Folle de joie, la petite sorcière se met à bondir sur place.

— Je ne vois pas ce qui te fait tellement plaisir, s'étonne MistiNoir.

— Mais si, c'est formidable ! s'écrie-t-elle. Le garçon au bonnet m'a confié son nom, tu te rends compte ? Il s'appelle Elvy, et j'ai la preuve qu'il a bien des pouvoirs magiques, lui aussi !

Clara sourit. Les jours à venir lui réservent sûrement de fabuleuses surprises !

BOOKiQUE

13
décembre
ÉCOLE

# Un plan parfait !

Aujourd'hui, Clara dresse la liste de ses idées de gâteaux et de bonbons pour le stand de la kermesse. Pendant que ses parents achèvent le grand ménage du salon, elle reste tranquillement dans sa chambre, où elle feuillette son vieux livre de recettes enchantées en réfléchissant.

— Il y a de la brioche à la crème fraîche ? demande MistiNoir, l'air gourmand. J'adore la brioche à la crème fraîche !

Clara hoche la tête.

— Oui, il y a une super recette, répond-elle. Mais il faut de la « farine de blé des fées »... Je ne peux pas faire ça avec Laura, tu comprends. Elle verrait tout de suite qu'il s'agit d'un ingrédient magique et que mon livre est rempli de recettes de sorcière !

— Dans ce cas, prépare tes gâteaux à la maison, propose MistiNoir. Tu feras un cake ordinaire avec Laura, puis vous vous partagerez les autres recettes et vous ferez le reste chacune de votre côté. Ce sera plus efficace, plus rapide et plus pratique pour tout le monde.

Le visage de Clara s'illumine.

— Bonne idée ! s'exclame-t-elle. Comme ça, je peux choisir les gâteaux les plus magiques du grimoire si j'en ai envie.

Elle pose le doigt sur la recette du « Père Noël Arc-en-ciel » et ajoute en riant :

— Oh là là, je sens que notre stand de kermesse va remporter le premier prix !

Zapf! un téléphone portable apparaît et elle se dépêche d'appeler Laura afin de lui expliquer son plan.

— Toi, tu t'occupes des sucettes, des biscuits et du massepain. Moi, j'apporte deux gâteaux de Noël. Et on prépare ensemble le cake aux noisettes et le moelleux à la pistache. Tu es d'accord?

— Entendu, Clara! On décorera le stand ensemble, aussi. J'écris notre projet dans mon cahier pour le montrer à la maîtresse. On a un plan parfait! À lundi, alors!

Zapf! le téléphone disparaît. Au même instant, quelqu'un sonne à la porte d'entrée. Intriguée, Clara descend ouvrir et se retrouve nez à nez avec... Elvy !

— Oh ben ça, quelle surprise ! s'écrie-t-elle.

Il veut toujours être discret et jouer les mystérieux, alors pourquoi vient-il lui rendre visite aujourd'hui ?

Elle aperçoit Robin posé sur l'épaule du garçon au bonnet, et sourit, toute contente de les rencontrer aujourd'hui.

— Je ne m'attendais pas à vous voir, tous les deux...

— Que je vienne ici te semble sans doute étrange, murmure-t-il en fixant le bout de ses bottes de neige.

Il hésite un peu, cherche ses mots, puis jette tout à trac :

— En fait, on m'a volé ma marionnette fétiche.

Clara n'en revient pas.

— Tu parles du lutin animé, devine-t-elle.

Cette fois, Elvy la regarde droit dans les yeux.

— J'étais certain que tu comprendrais, souffle-t-il. Tout seul, je n'arriverai jamais à le retrouver assez vite... Tu veux bien m'aider ?

Clara fronce les sourcils. Elle doit être prudente et ne montrer sa magie à personne. D'un autre côté, Elvy est spécial, lui aussi. En plus, il sait déjà qu'elle est une sorcière. Et puis, elle lui doit bien ça, non ?

Et zapf ! son grand chapeau pointu apparaît sur sa tête. Clara la petite sorcière est prête à intervenir !

BOOKiQUE

14
décembre
ÉCOLE

# Un oiseau inattendu!

Hier, pour la première fois, Clara a utilisé ses pouvoirs magiques devant un autre enfant... Et aujourd'hui, elle a peur que ses parents ne le découvrent!

— Après tout, ils sont sorciers, eux aussi! murmure Clara en entrant dans la cuisine.

Comme chaque matin du mois de décembre, ils ouvrent ensemble la case du calendrier de l'Avent enchanté.

— Oh! s'exclame la petite sorcière. Là, dans la case, c'est moi!

En effet, l'image animée la montre en train de jeter un sort à un garçon en bonnet pour le transformer en oiseau.

— Le calendrier doit être détraqué, souffle-t-elle, mal à l'aise.

— Pourtant, il m'a semblé apercevoir ce garçon devant chez nous, dit soudain son père d'un air pensif.

— Je l'ai vu également, renchérit sa mère.

La fillette rougit de confusion. Ses parents en savent trop, mieux vaut leur avouer tout de suite la vérité... au moins en partie !

— Ce garçon s'appelle Elvy, lance-t-elle d'une traite. Il s'occupe du théâtre des marionnettes, à la foire du marché de Noël. Et on lui a volé le pantin du lutin et...

— C'est très bien de vouloir aider les autres, ma chérie, l'interrompt alors sa mère. Seulement, tu ne dois pas utiliser tes pouvoirs magiques en dehors de cette maison, tu le sais !

Je compte sur toi, Clara. Ne le transforme pas en oiseau.

— Pourquoi je le transformerais en oiseau? s'étonne Clara.

— Parce que le calendrier ne ment jamais, affirme son père.

La petite sorcière sourit. D'accord, transformer Elvy en oiseau, ce serait carrément bizarre... mais ce serait surtout carrément amusant!

Plus tard, en fin d'après-midi, Clara joue dans le jardin avec MistiNoir.

— Donc, tu n'as pas réussi à retrouver le voleur de marionnette? interroge le chat.

— Ma magie a échoué, raconte-t-elle. Mes pouvoirs m'ont conduite au terrain de foot, où Willy s'entraînait avec ses copains. J'ai cherché un peu dans les vestiaires, mais je n'ai rien trouvé. Elvy était déçu, mais je lui ai promis de réessayer ce soir.

À ces mots, MistiNoir sursaute.

— Non, Clara, tu ne peux pas faire ça !

Trop tard. Elvy entre au même instant dans le petit jardin des sorciers. Il salue Clara d'un baisemain, puis il déclare :

— Je n'ai plus le choix, je dois fouiller tout le quartier pour retrouver le lutin à temps, sinon Noël sera gâché...

Clara est perplexe. Quel rapport entre Noël et le pantin ensorcelé ? Elle s'apprête à poser la question, lorsqu'Elvy écarte les bras et ajoute :

— Robin veut bien me guider par les airs si je trouve des ailes.

La fillette se rappelle les paroles de ses parents.

— Oui mais non ! refuse-t-elle aussitôt. Je veux bien t'aider, mais je ne te transformerai pas.

— Tes parents détesteraient que Noël soit gâché, insiste Elvy d'un ton convaincant. Et toi aussi, n'est-ce pas ?

Clara réfléchit. Allez, après tout, ce ne serait qu'un petit sort de rien du tout, et pour sauver Noël, ça vaudrait le coup...

Et zapf! elle lui donne une magnifique paire d'ailes blanches. Grâce à elles, Elvy s'élève haut dans le ciel et suit Robin vers la maison voisine... la maison de Willy! Hé bien ça alors, que va-t-il donc faire là-bas?

BOOKiQUE

15
décembre
ÉCOLE

# Quelle découverte !

Le soleil brille, ce matin. Il ne reste presque plus de neige sur les trottoirs, et le givre fond goutte à goutte des branches des arbres environnants. Clara se rend à l'école en sautillant. Elle a hâte de rejoindre Laura pour présenter leur projet de stand à la maîtresse !

— Je me demande s'il neigera à nouveau pour Noël, dit-elle, songeuse, en traversant la chaussée.

MistiNoir marche près d'elle. Il évite avec soin de mettre les pattes dans les flaques d'eau glacée.

— Moi, je me demande si la kermesse sera réussie, souffle-t-il.

Clara éclate de rire.

— Bien sûr qu'elle sera réussie ! Laura et moi, on va remporter le premier prix, tout le monde adorera nos pâtisseries et nos friandises !

Soudain, Willy arrive en courant. Il est essoufflé, paniqué. Clara l'interpelle :

— Pourquoi tu vas si vite ? La classe ne commence que dans une demi-heure !

— C'est une catastrophe ! gémit le garçon, hors d'haleine, en la dépassant sans même ralentir.

Zapf! une voiture, en sortant d'un garage, l'oblige à s'arrêter. Cela permet à Clara de le rattraper.

— On dirait qu'un monstre te poursuit! pouffe-t-elle.

Willy pointe un arbre de l'index.

— C'est le rouge-gorge, là-bas, tu vois? Il me pourchasse partout, il ne me lâche pas, il piaille, il me picore le crâne... Quel cauchemar!

Clara se retourne. Robin! Mais pourquoi s'en prend-il ainsi à Willy?

— En plus, cette nuit, j'ai cru voir un bonhomme avec des ailes, dans ma chambre, continue le garçon en tremblant de frayeur. Tu sais ce que c'est?

Un éclat amusé illumine le regard de la petite sorcière. Évidemment, elle sait ce que c'est... mais elle n'en dira rien!

— Tu dois lire trop d'histoires de sorcières! répond-elle, malicieuse.

Willy fronce les sourcils. Il a l'air très fâché ! Puis il repart au pas de charge pour l'école. Dès qu'il est assez loin, Clara se penche à l'oreille de MistiNoir :

— On fait un tour du côté de chez Elvy ?

Et zapf ! un rayon d'étincelles magiques les propulse en moins de deux à la foire du parc Saint-Paul.

— Coucou Clara ! Tu vas bien ?

— Elvy ! Je venais te voir, justement : tu as fait un bon vol, hier ?

— Excellent ! Mes ailes ont disparu dès que j'ai trouvé ce que je cherchais...

La fillette applaudit de joie.

— Tu as récupéré la marionnette du lutin, alors ? s'écrie-t-elle.

— J'irai la reprendre tout à l'heure, répond Elvy. Elle est dans la chambre de Willy, mais je n'ai pas pu m'en approcher...

Clara sourit d'une mine entendue.

— Oui, je l’ai croisé et il m’a dit qu’il avait vu un homme-oiseau, cette nuit, au pied de son lit. Il a eu très peur !

— C’est pour ça que je suis parti tout de suite. Je ne voulais pas qu’il découvre notre magie. Mais il a volé le lutin, tu sais. C’est très grave pour Noël, il mérite une bonne leçon !

La petite sorcière écarquille les yeux. Oh là là, Elvy est très en colère… Il va peut-être falloir qu’elle aide Willy, maintenant ?

BOOKiQUE

16
décembre
ÉCOLE

# De mystère en mystère

Aujourd'hui, à l'école, Willy ne dit pas un mot. Il ne joue pas non plus à la récréation. Il ne prend même pas le ballon de basket !

— Tu es malade ? lui demande Clara, surprise, après la classe.

Le garçon fait non de la tête.

— Tu t'inquiètes pour le premier prix de la kermesse ? renchérit Laura.

Willy fait encore non de la tête. Au contraire, il est sûr de gagner !

— Mais alors, qu'est-ce qu'il t'arrive ? s'impatiente Clara.

Il s'éloigne sans répondre. Les deux amies se dévisagent, perplexes. Quelle attitude suspecte !

— Tu as l'air de savoir quelque chose, Clara ! remarque soudain Laura.

La petite sorcière réfléchit. Après tout, elle peut bien partager une partie de ses secrets avec sa meilleure amie... à condition de ne pas parler de sa magie !

— Je crois que Willy a fait une grosse bêtise, souffle-t-elle. Comme voler quelque chose aux forains...

Laura hausse les épaules.

— Willy fait tout le temps des idioties. J'imagine qu'il méritait une bonne leçon.

La petite sorcière frémit. C'est trop bizarre ! Laura vient de prononcer les mêmes paroles qu'Elvy... et de la même façon, en plus !

— Je lui proposerai quand même mon aide, lance Clara sur un ton de défi.

— Ce n'est pas toi qui portes un long bonnet ! réplique son amie, encore plus mystérieuse, en rejoignant ses parents qui l'attendent en voiture.

Stupéfaite, Clara prend le chemin de sa maison d'un pas lent. Perdue dans ses pensées, elle ne remarque pas MistiNoir qui traverse la chaussée à sa rencontre.

— Tu rêves tout éveillée, Clara ? la taquine-t-il dans un miaulement strident.

La fillette l'aperçoit brusquement.

— Je veux découvrir ce qui inquiète Willy, explique-t-elle. Je sais qu'il n'est pas gentil avec moi, mais je sens que c'est important…

— Il suffit peut-être d'interroger Elvy, souligne le chat.

Clara sourit. Bien sûr, dès qu'elle verra Elvy, cette fois, elle lui parlera, promis ! D'ailleurs… Quelle chance ! Le voici justement qui arrive à l'angle de la rue ! Folle de joie, elle entraîne MistiNoir à sa suite et tous deux se retrouvent

nez à nez avec le garçon, qui tient la marionnette du lutin à la main. Ainsi qu'un exemplaire du journal local...

— Coucou Elvy! s'exclame Clara, ravie de le croiser pile au bon moment. Tu as récupéré le lutin, c'est bien! Willy t'a vu?

— Non, mais en ne retrouvant pas la marionnette dans sa chambre, ce matin, il a paniqué, répond le garçon.

— Pourquoi l'avait-il volée?

Elvy secoue la tête.

— Aucune idée. Mais regarde le gros titre du journal : « Vol d'une marionnette de grande valeur au parc Saint-Paul. Si le coupable ne la rend pas sans tarder, les fêtes de Noël seront annulées. »

Clara comprend aussitôt la supercherie.

— Ce n'est pas un vrai journal, n'est-ce pas?

— Non, en effet, admet Elvy. Mais Willy le croit, et il est tellement affolé qu'il a reçu une bonne leçon!

Et zapf! un rayon de magie affiche l'article du journal dans l'abribus, juste en face de chez Willy.

— Elvy, tu as dit que le vol de cette marionnette pouvait gâcher Noël, reprend tout à coup Clara, cédant à la curiosité. Mais pourquoi est-elle si importante ?

— Les choses ne sont pas toujours telles qu'elles semblent, répond le garçon d'un ton énigmatique avant de s'en aller.

« Décidément, songe la petite sorcière, cette histoire paraît de plus en plus mystérieuse... J'ai hâte d'en savoir plus ! »

BOOKiQUE

17
décembre
ÉCOLE

# L'heure des révélations

Ce mercredi, Clara et Laura préparent la décoration de leur stand. La kermesse, c'est lundi, il est temps de s'y mettre sérieusement !

— J'ai apporté de la peinture, dit Laura en sortant des flacons colorés de son sac. Tu as pensé aux planches de bois, pour fabriquer un faux théâtre sur notre stand ?

Oh non, Clara a complètement oublié de s'en occuper ! Quelle étourdie !

— Je vais les chercher, elles sont dans le jardin ! improvise-t-elle.

Elle fonce dehors. Malgré l'interdiction de ses parents, elle va utiliser sa magie pour faire apparaître des planches… lorsque Willy déboule en panique de chez lui.

— Je ne la retrouve pas ! gémit-il en regardant derrière chaque pot de fleurs. Elle ne peut pas avoir disparu, quand même…

— Tu as perdu quelque chose ? questionne Clara par-dessus le muret qui sépare leurs deux jardins.

Contrarié, le garçon serre les poings.

— C'est peut-être ton matou qui parle qui me l'a volée ! rugit-il.

— MistiNoir ne joue pas aux marionnettes ! réplique la fillette, agacée.

Puis, craignant que Willy ne s'étonne qu'elle en sache autant, elle s'empresse d'ajouter :

— Je t'ai vu avec le pantin du lutin, l'autre jour. Tu l'as volé à la foire, et tu as un sacré culot d'accuser mon chat !

Willy rougit de honte.

— Ne raconte ça à personne, je ne veux pas aller en prison, balbutie-t-il. Je n'ai pas volé cette marionnette. Je voulais juste l'emprunter pour décorer mon stand sur le thème des marionnettes.

Clara est furieuse. C'est leur thème, à Laura et à elle ! Willy se tord les mains en ajoutant :

— Il paraît que cette marionnette a une immense valeur. Il faut que je la rende tout de suite. Mais je ne la retrouve pas ! Oh là là, je retourne la chercher !

Il rentre chez lui dare-dare. Clara pousse un soupir. Pauvre Willy !

— Au moins, il a compris la leçon, commente MistiNoir, près d'elle.

— Oui, je préviendrai Elvy pour qu'il le rassure, décide Clara. Mais d'abord, je dois terminer la décoration de notre stand, à Laura et à moi...

Zapf ! un beau tas de petites planches en bois sombre apparaît dans l'herbe. Clara se penche pour les ramasser, quand Elvy lui fait coucou de la main, de l'autre côté de la grille du jardin.

La fillette court jusqu'à lui.

— Bonjour Elvy ! Je viens de voir Willy. Il a tellement peur, il a été assez puni comme ça, je pense... Tu peux reposer le lutin dans sa chambre ? C'est sûr qu'il foncera le remettre dans les coulisses de ton théâtre !

— Je passais justement pour ça, confie le garçon au bonnet.

À cet instant, de très légers flocons étoilés commencent à danser dans l'atmosphère.

— Hourra, il neige ! s'exclame Clara, enchantée. J'espère que ça durera jusqu'à Noël !

— Tu rêves d'un Noël de conte de fées ? lance Elvy, l'œil rieur.

— De conte de sorcières, rectifie MistiNoir en filant s'abriter sur le perron.

Clara et Elvy éclatent de rire. Puis la fillette salue son ami. Il est temps pour elle de rentrer finir la décoration du stand de pâtisseries !

— Tu as raison, acquiesce Elvy. Moi, je dois m'occuper de renforcer l'attelage.

— L'attelage ? répète-t-elle. De quoi parles-tu ?

— De la tempête de neige qui s'annonce, répond le garçon en s'éloignant dans la rue.

Clara fronce les sourcils. Une tempête ? Un attelage ? Qu'est-ce que cela signifie ?

BOOKiQUE

18
décembre
ÉCOLE

# Une pincée de magie

Ce jeudi, en classe, Laura n'arrête pas de regarder par la fenêtre.

— Tu n'écoutes pas la leçon? s'impatiente la maîtresse.

La fillette sursaute.

— Pardon, mais c'est parce qu'il neige de plus en plus fort, répond-elle.

Aussitôt, tout le monde se met à bavarder.

— Silence, je vous prie, ordonne la maîtresse.

Elle jette à son tour un coup d'œil dehors et...

— Oh, tout est blanc! s'exclame-t-elle.

Au même moment, le directeur de l’établissement s’engouffre dans la classe.

— Les enfants, par mesure de sécurité, il n’y aura pas école cet après-midi, déclare-t-il. Les services météorologiques annoncent une tempête de neige d’ici ce soir. Vos parents ont été prévenus. Rentrez vite chez vous, et à demain !

Et ni une ni deux, il quitte la salle afin d’aller avertir les autres classes. La maîtresse demande alors aux élèves de rassembler leurs affaires avant de sortir dans le calme.

— Et pour la kermesse ? questionne Willy.

— C’est lundi, il n’y a rien de changé, répond-elle. Mais tirez donc partie de cette journée un peu spéciale pour terminer les préparatifs de vos stands !

Avant de regagner leur maison, Clara et Laura se sont mises d’accord sur les pâtisseries

qu'elles vendront à la kermesse en plus des bonshommes de pain d'épice nappés de glaçage blanc, des guimauves au chocolat et de la barbe à papa fraise-pistache. Ensuite, dans sa cuisine, Clara contemple pensivement l'image animée du calendrier de l'Avent. On y voit un garçon au long bonnet confectionner des beignets avec elle.

« Cette fois, le calendrier ensorcelé se trompe, songe Clara. Je n'ai pas invité Elvy en pleine tempête… »

Mais des beignets, ça c'est une super idée, parce que demain, c'est l'anniversaire de Laura, et elle pourrait lui en apporter ! Surtout qu'elle n'a pas besoin de s'entraîner à faire les recettes du grimoire. Des gâteaux magiques seront forcément réussis.

— J'ai donc tout le temps pour réaliser les meilleurs beignets de la planète ! s'écrie gaiement la fillette.

Zapf! les ingrédients flottent dans l’air autour d’elle. La farine, la brique de lait, les pommes en morceaux, le flacon de caramel liquide… On touille, on goûte, on ajuste… sans oublier une dernière pincée de magie!

— Par chance, papa et maman ne sont pas encore rentrés de leur travail à la bibliothèque municipale, se félicite-t-elle. Je peux utiliser mes pouvoirs comme je le veux!

— Sauf que c’est de la triche, Clara! lui reproche une voix moralisatrice.

Elle fait volte-face, persuadée de se retrouver devant MistiNoir. Mais…

— Elvy !

— Excuse-moi d'apparaître si soudainement dans ta cuisine, souffle le garçon au long bonnet. Mais je voulais t'apporter ça, de la part de Robin...

Il lui tend un magnifique rouge-gorge en porcelaine et ajoute :

— C'est pour te remercier de l'avoir libéré de la flaque gelée, l'autre jour.

Et tandis que Clara recommence sa recette sans l'aide de sa magie, elle ne voit pas Elvy plonger quelque chose dans la pâte à beignets...

BOOKiQUE

19
décembre
ÉCOLE

# La surprise du Chef !

Au petit matin, la ville est recouverte de neige. La tempête a beaucoup soufflé toute la nuit, mais à présent le calme est revenu et la vie a repris son cours. Ainsi que l'école !

C'est l'anniversaire de Laura, aujourd'hui. Et comme Clara a apporté des beignets pour les goûter avec elle, Laura propose à la maîtresse d'en distribuer à toute la classe.

— Oh non, s'ils sont ratés, tout le monde va se moquer, proteste la petite sorcière.

— Primo, personne ne se moquera et deuxio, ils ont l'air très réussi, argumente Laura

avant de les partager entre la maîtresse et les élèves.

Clara est intimidée, car elle n'a pas utilisé ses pouvoirs pour faire ces beignets. Elvy l'en a empêchée, hier. Alors ils vont forcément être dégoûtants... sauf que :

— Miam, quel délice ! Bravo, c'est un régal !

La maîtresse adore son beignet, quelle chance ! Et tous les enfants de la classe aussi !

— C'est vrai, vous les trouvez bons ? souffle Clara, aussi étonnée que fière.

— On demandera à nos parents d'en acheter à ton stand de la kermesse de Noël ! répondent en chœur les élèves.

Flattée, la petite sorcière rougit. Quel succès, c'est génial ! Tout à coup, Laura pousse une exclamation de joie :

— Regardez, Clara a même glissé une surprise dans mon beignet ! C'est mon oiseau préféré, j'en voulais un depuis toujours !

Elle brandit un oiseau en porcelaine qu'elle vient de trouver dans la pâte, comme une fève dans une galette des Rois. Clara écarquille les yeux, sidérée. Cet oiseau, c'est le même, mais en beaucoup plus petit, que celui que lui a offert Robin... À tous les coups, c'est Elvy qui l'a glissé là pour Laura. Mais comment a-t-il su quel beignet elle allait piocher ? Et puis, ils se connaissent, tous les deux... ?

En fin de journée, Clara et Laura se rendent au marché de Noël du parc Saint-Paul. Laura souhaite y dépenser l'argent qu'elle a reçu pour son anniversaire.

— On va au chalet d'artisanat du pôle Nord ? demande-t-elle sitôt arrivée à la foire.

— Tu es sûre qu'il y en a un ? s'étonne Clara.

Sans répondre, Laura l'entraîne dans les allées du parc. Elles traversent le marché, passent devant le petit théâtre et débouchent

sur une vaste grange au toit surmonté d'un sucre d'orge en forme de canne de Noël.

Clara n'en revient pas. Comment n'a-t-elle pas vu cet immense bâtiment auparavant? Les fillettes s'engouffrent dans la grange en riant et, sans hésiter, Laura s'approche d'un comptoir plein de figurines de rouge-gorge en porcelaine fine.

— Tu as vu, Clara? Ces oiseaux ne te rappellent rien? demande-t-elle en lui adressant un clin d'œil mystérieux.

— Ça alors ! souffle la petite sorcière. Ce sont les mêmes que les nôtres !

À ces mots, Elvy pénètre en coup de vent dans la grange. Il choisit un long bonnet de feutre vert sur un étalage consacré à la Laponie avant de ressortir à vive allure.

Clara décide d'en apprendre plus. Et s'il se préparait pour une autre tempête ? Elle s'élance alors à sa suite après avoir recommandé à Laura de l'attendre cinq minutes.

Clara reste discrètement sur les talons d'Elvy, l'espionnant sans le moindre scrupule. Soudain, il tourne à l'angle de la grange et disparaît dans une vieille écurie surmontée elle aussi d'un sucre d'orge. Intriguée, la petite sorcière entre à son tour. Et se retrouve face à un incroyable attelage à grelots !

BOOKiQUE

20
décembre
ÉCOLE

# Quelle nouvelle ?!

Ça y est, c'est le dernier week-end avant la kermesse ! L'école est fermée le samedi, mais les enfants qui tiennent des stands ont le droit d'aller dans le gymnase afin de tout mettre en place pour le lundi. Tandis que Willy s'occupe des jeux, Basile et Élodie installent les décorations de Noël qu'ils souhaitent vendre. De son côté, Clara retrouve Laura, déjà en pleins préparatifs de leur « Pâtisserie du théâtre ».

— Tu es en retard, Clara ! Où étais-tu ?

La petite sorcière hésite un peu. Laura fait comme si de rien n'était et pourtant, hier, à la foire, il s'est encore passé des choses assez étranges ! Pourquoi n'en parle-t-elle pas ? C'est trop bizarre... Pourvu qu'elle n'ait pas tout deviné, pour ses pouvoirs magiques !

— J'ai fait un détour par le parc, lance finalement Clara à son amie.

Oh, elle ne ment pas. Seulement, elle ne dit pas tout. La vérité, c'est qu'elle tenait à remercier Elvy d'avoir glissé dans son beignet un joli cadeau pour Laura. Et surtout, elle voulait lui demander à qui appartenait cet attelage extraordinaire qu'elle avait vu, hier, dans l'écurie des forains... Un attelage aux brides ornées de grelots d'or et d'argent ! Mais Elvy n'était pas là, hélas. Et Clara s'est donc mise en retard pour rien !

— Moi, j'ai terminé le décor de théâtre de notre stand, continue Laura.

— Bravo, c'est parfait ! la félicite Clara.

— Tu ne remarques rien ? ajoute alors son amie d'un drôle de ton insistant.

La petite sorcière n'a même pas le temps de répondre que Willy s'exclame du stand voisin :

— C'est super nul, tous ces longs bonnets rayés !

Laura grimace, contrariée. Clara se dépêche de prendre sa défense.

— Tu as tellement mauvais goût, Willy, que si tu trouves ça nul, ça veut dire que c'est génial ! rétorque-t-elle.

Et zapf! une grosse boule de neige vient s'écraser sur la tête du garçon. Cette fois, la petite sorcière n'a pas pu s'en empêcher !

— Qu'est-ce que c'est que ça? s'écrie-t-il, interloqué. D'où ça vient ?

Très discrète, Laura lève le pouce afin de montrer qu'elle approuve la blague. Clara frémit. Oh non, maintenant c'est sûr, Laura sait qu'elle a des pouvoirs magiques !

« Mieux vaut faire comme si je n'avais pas vu son geste, décide-t-elle tout bas malgré sa gêne. Si je réagissais, ça lui prouverait qu'elle a raison... »

Puis, à haute voix :

— Moi, j'adore la décoration de notre stand. J'ai une belle statuette de rouge-gorge, à la maison. Et une marionnette de chat, aussi. Je les apporterai, si tu veux, Laura.

— Oh oui, je leur mettrai un bonnet rayé, renchérit son amie, l'œil brillant.

C'est alors qu'une rafale de vent glacé ouvre la porte en grand et s'engouffre dans le gymnase en sifflant. Dehors, la neige tombe à gros flocons serrés. Laura applaudit gaiement.

— Chic ! C'est la tempête !

— Je ne trouve pas ça tellement super, remarque Clara à voix basse, étonnée par la réaction de son amie.

— Pourtant, c'est le temps idéal ! L'attelage va s'envoler sans le moindre problème !

Clara écarquille les yeux, sidérée. L'attelage ? Laura parle bien de l'attelage à grelots ? Oh là là, mais comment le connaît-elle ?

BOOKiQUE

21
décembre
ÉCOLE

# Top pâtissières !

La kermesse de l'école, c'est demain, le premier jour des vacances de Noël ! Clara et Laura doivent donc consacrer leur journée de dimanche à la confection des bonbons et des pâtisseries qu'elles proposeront dans leur stand.

— Je suis contente que tu sois venue à la maison cuisiner, souffle Clara à son amie. Je pensais qu'il ferait trop mauvais temps pour ça... Tu crois que la kermesse risque d'être annulée ?

Elle n'ose pas l'interroger au sujet de l'attelage. Elle a trop peur que Laura ne la questionne en retour au sujet de sa magie !

— Je n'espère pas, se contente de répondre la fillette. On forme une bonne équipe, non ? Tu te rappelles, quand tu t'es portée volontaire pour participer avec moi ?

— Évidemment ! J'ai tout de suite senti qu'on pourrait remporter le premier prix.

— On n'a pas encore gagné, je te signale !

Clara sourit. Oh si, elles ont déjà gagné quelque chose de merveilleux : elles sont devenues de vraies amies. Au point même où Clara a failli croire, une fois ou deux, que Laura aussi avait des pouvoirs magiques... Mais ça, c'est n'importe quoi. C'est à cause de toutes ces histoires extraordinaires, avec Elvy et Robin ! En tout cas, la fillette en est sûre : Laura sera toujours sa copine, même si elle découvre qu'elle est une sorcière.

— Grâce aux tickets du premier prix, on pourra aller tous les jours au spectacle du théâtre si on en a envie, se réjouit-elle en ignorant exprès la remarque de Laura.

— Et on pourra inviter qui on veut à nous accompagner, enchaîne cette dernière avant d'ajouter en riant : sauf si on continue à bavarder au lieu de réaliser nos super recettes !

Les fillettes passent un joyeux après-midi à confectionner des bonshommes de neige en pain d'épice, des lutins en pâte à sucre,

des cakes, des moelleux, des beignets. Clara peut même réaliser les recettes du grimoire sans se cacher, car ses parents lui ont laissé un sachet de farine des fées et de gros œufs d'oie aux plumes d'or avant d'aller au marché de Noël.

— Ta farine scintille, c'est rigolo, remarque Laura. Oh! Ces œufs sont énormes! Où tes parents les achètent-ils?

La petite sorcière rougit. Elle ne doit surtout pas laisser son amie soupçonner quoi que ce soit...

— Je n'en sais rien du tout, je leur demanderai, dit-elle simplement avant d'ajouter : bon, on a presque terminé! Il ne nous reste plus qu'à faire le gâteau en forme de rouge-gorge...

La fillette s'interrompt. Catastrophe : le sachet de farine des fées est vide!

— Oups, plus de farine, regrette-t-elle.

— Mais si, il y a un paquet neuf, sur l'étagère ! s'écrie Laura.

La petite sorcière hausse les épaules. Avec de la farine ordinaire, le gâteau sera forcément raté. Cependant, elle n'a pas le choix. Ouvrant le grimoire à la page du Robin de Noël, elle suit la recette pas à pas, mais sans le moindre ingrédient magique, hélas. Bientôt, le gâteau est cuit. Cela sent bon partout dans la maison et les fillettes se mettent à danser et à chanter de bonheur... lorsqu'un bruit d'attelage résonne au-dehors et qu'une voix rouspète :

— Nom d'un grelot ! Le vent souffle trop fort pour s'entraîner, aujourd'hui !

BOOKiQUE

22
décembre
ÉCOLE

# Le grand jour

Driiing! La sonnerie du réveil retentit.

— C'est le grand jour du concours de la kermesse! s'écrie MistiNoir en se réveillant gaiement.

— J'ai le trac! avoue Clara avant de se lever à son tour.

Zapf! une pluie d'étincelles tombe sur ses épaules et la voici douchée, coiffée, habillée. Puis elle file dans la cuisine pour le petit-déjeuner. Elle a tellement hâte de rejoindre Laura sur leur stand de Noël!

La kermesse de Noël bat son plein, à l'intérieur du gymnase de l'école. Un monde fou se presse devant les stands des enfants. Les jolies décorations de Noël de Basile et d'Élodie remportent un franc succès. Les visiteurs raffolent de leurs guirlandes de sequins dorés! Les jeux de Willy rencontrent aussi bon nombre d'amateurs. Il faut avouer qu'il a fabriqué un fantastique Chamboul'tout géant sur le thème des marionnettes. Et sa Pêche au Lac Gelé est très amusante. Même Clara et Laura doivent le reconnaître : le garçon a incroyablement bien travaillé!

— Super, ton jeu de pêche, Willy! le félicite Clara.

— C'est génial d'avoir creusé un trou dans une fausse banquise! ajoute son amie.

Les fillettes l'admirent sincèrement. Mais leur stand, « La Pâtisserie du théâtre », est aussi très apprécié. En moins d'une heure, tous les

gâteaux et friandises sont vendus. Difficile dans ces conditions de deviner qui va gagner le premier prix...

« Je me demande si le livre de recettes d'Elvy va nous aider à gagner, Laura et moi... », songe la petite sorcière.

Enfin, le jury a terminé ses délibérations. Le maire et ses adjoints vont annoncer le vainqueur. Clara a très envie d'utiliser sa magie, pour qu'ils élisent son stand; sauf que si ses parents ou Elvy la prennent sur le fait, elle aura beaucoup trop honte ! Alors, tenant fort la main de Laura, elle se contente d'attendre le résultat en tremblant...

« La case du calendrier de l'Avent enchanté montre Robin aujourd'hui, réfléchit encore Clara. Pas de chance, ça ne me dit rien du tout sur le concours ! »

— Patience, lui souffle alors Laura comme si elle entendait ses pensées.

— Chers amis, déclare finalement le maire. Le jury de la grande kermesse de l'école décerne le Premier Prix des stands... aux Jeux et Pâtisseries ex aequo. Bravo, les enfants. Vous avez fourni un travail exceptionnel !

— Hourra ! Hourra ! s'écrient Clara et Laura en dansant de joie.

— Comment on va faire, pour les tickets ? s'inquiète Willy.

La petite sorcière fronce les sourcils.

— On va les partager de façon parfaitement égale, décrète-t-elle.

— Et ne compte pas tricher un seul instant ! renchérit Laura.

Elle claque des doigts ; sous le regard stupéfait de ses amis, Robin vient se poser sur son épaule, les tickets du théâtre de marionnettes bien serrés dans son bec...

BOOKiQUE

23
décembre
ÉCOLE

# Une surprise bien surprenante !

Hier, à la kermesse, Clara a découvert que Laura connaissait très bien Robin, elle aussi. Elle lui a demandé comment elle l'avait rencontré, mais leurs parents sont venus les féliciter et la fillette n'a pas pu poser davantage de questions...

— Pourquoi ne m'en a-t-elle pas parlé ? regrette la petite sorcière alors qu'elle fait un bonhomme de neige dans le jardin.

— Toi non plus, tu ne lui parles pas de tout, souligne alors MistiNoir. Je sais qu'elle l'a sauvé d'une flaque de givre, elle aussi, un jour...

Clara est stupéfaite. Alors, Laura a vécu la même aventure qu'elle avec Robin? C'est incroyable! Décidément, sa copine semble cacher un mystère, elle aussi...

Clara n'a pas le temps d'interroger encore MistiNoir: elle aperçoit Elvy, à la grille du jardin. Elle court lui dire bonjour, quand elle réalise que Willy les espionne encore, de l'autre côté de la haie.

— Tu ne peux pas arrêter? se fâche Clara, agacée.

Il fait si froid que son haleine s'envole en petits nuages opaques. Et zapf! l'un d'eux prend la forme d'un homme-oiseau qui se précipite en direction de Willy. Ce dernier court s'enfermer dans sa maison en criant. Elvy éclate de rire.

— J'ai apporté quelques tickets supplémentaires pour le théâtre de marionnettes, explique-t-il alors à Clara. Comme vous êtes trois à vous les partager, il vous en faut plus!

Brusquement, un coup de vent lui arrache son bonnet, et Clara remarque ses oreilles. De longues oreilles pointues de lutin ! Ça alors ! Vite, il renfonce son bonnet sur son front et se dépêche de parler pour empêcher la fillette de le questionner :

— Vous vous êtes réconciliées avec Willy ?

Clara plisse le nez d'une mine comique.

— Pas vraiment, mais Willy a gagné le prix. C'est normal qu'il vienne avec nous.

— Tu pourrais lui préparer un gâteau du grimoire, pour faire la paix, propose soudain le garçon.

— Pourquoi ? Il n'est pas très gentil...

— Mais c'est Noël dans deux jours, Clara, n'oublie pas !

Là-dessus, elle fait la moue.

— Tu as peut-être raison... Alors d'accord, je vais faire le premier pas, accepte-t-elle.

— Excellente idée, approuve Elvy. Et tu m'apporteras une part de Robin de Noël ?

Clara secoue la tête.

— Non, je n'ai plus la farine spéciale qu'il faut !

— Hier non plus, réplique le garçon au bonnet. Et pourtant, tu l'as parfaitement réussi, ce gâteau... À demain, Clara !

Il s'éloigne dans la rue. La petite sorcière est très intriguée : ils n'ont pas du tout prévu de se voir, demain ! C'est le réveillon de Noël,

alors elle restera en famille, bien sûr. Décidément, Elvy agit de manière très étrange...

La fillette s'apprête à entrer dans sa maison lorsqu'un petit rire malicieux retentit dans la rue.

Surprise, elle se retourne et regarde du côté du trottoir... Oh ! Elvy ! Il traverse lentement le passage clouté en tenant un enfant par la main... Non, pas un enfant, un pantin : la marionnette du lutin ! Mais qu'est-ce que tout cela signifie, à la fin ?!

BOOKiQUE

24
décembre
ÉCOLE

# La magie de Noël !

Clara est enchantée. Ça y est, le soir de la veille de Noël est arrivé !

— Papa et maman préparent le dîner du réveillon, dit la fillette en décorant le sapin, dans le salon. Miam, ça sent drôlement bon !

À cet instant, elle aperçoit Willy, qui escalade le muret entre leurs deux jardins. Il court jusqu'à la fenêtre et toque à la vitre. Vite, elle entrouvre les carreaux...

— Joyeux Noël, voisine ! lance-t-il en lui tendant un sachet de chocolats pralinés.

La fillette n'en revient pas.

— On n'est plus ennemis ? demande-t-elle.

— Je voulais te remercier pour le gâteau, hier. Et puis, je voulais m'excuser, je n'ai pas été très sympa avec toi... Tu ne m'en veux pas ?

Bouche bée, Clara fait non de la tête. Alors Willy repart en sautillant gaiement. Puis il se retourne et ajoute :

— Mais surtout, je me suis dit que si tu étais une sorte de sorcière avec un chat magique... ben c'est mieux d'être amis, finalement !

Il s'engouffre chez lui. Toujours paralysée de surprise, la fillette reste debout devant la fenêtre ouverte, quand Robin arrive à tire-d'aile avec un message dans son bec.

Clara déchire rapidement l'enveloppe et...

*Damoiselle Clara,*
*À tout à l'heure vers minuit,*
*Joyeux Noël et bonne nuit !*
*Elvy, l'ami des secrets partagés*

— Moi aussi, je suis l'ami des secrets partagés ! ronchonne MistiNoir.

— Et moi aussi ! renchérit la voix de Laura.

Clara sursaute. La fillette vient d'apparaître au milieu du salon dans une tornade de paillettes rouges et vertes !

— Il est temps de te révéler mon secret, Clara ! annonce-t-elle dans un grand éclat de rire.

Elle se met à pirouetter sur place, vite, de plus en plus vite… et hop ! elle s'envole jusqu'au plafond, où Robin la rejoint d'un coup d'ailes.

— J'ai moins de pouvoirs que toi, mais j'en ai un peu quand même, explique-t-elle. Et tu n'avais pas besoin de connaître mon secret pour qu'on devienne amies, n'est-ce pas ?

Clara sourit. C'est vrai, mais c'était une aventure sacrément magique malgré tout !

— Tu sais quoi, Laura ? J'adore être une sorcière secrète !

— Tu sais quoi, Clara? J'adore être une fée de Noël secrète!

— Vous savez quoi, les amies? J'adore être un matou génial! intervient MistiNoir.

Clara est si heureuse d'avoir enfin découvert la vérité au sujet de Laura! Elle ne révèle rien à ses parents et profite simplement avec eux du dîner du réveillon. Il sera bien temps de tout leur raconter après Noël!

L'horloge du salon sonne les douze coups de minuit. Couchée dans son lit, Clara regarde pensivement par la fenêtre de sa chambre, lorsque l'attelage de l'écurie des forains surgit dans le jardin! Le traîneau, les rennes... et le pantin du lutin assis à l'avant avec Laura!

— Le vent se lève, la neige tombe plus fort... En route, cocher! déclare Elvy, auprès d'eux.

La petite sorcière fonce à la fenêtre.

— Elvy ! Elvy ! Alors c'est ça ton secret, tu es un lutin du Père Noël ?

— Je suis l'Elfe en chef, Clara ! précise-t-il d'un ton joyeux. Et Lutin ici présent est Maître-Boussole, le guide du traîneau... Veux-tu nous accompagner tout autour de la Terre ?

Clara applaudit. Bien sûr, elle veut les accompagner ! Cette nuit, la tournée du Père Noël sera exceptionnelle ; et cette nuit, Willy verra un fantastique attelage glisser dans le ciel, mené par une sorcière et ses amis...

BOOKiQUE

J'adore écrire des romans de l'Avent! Vraiment, cela me remplit de bonheur. Que d'histoires fantastiques à raconter, que de jolis personnages à rencontrer... J'espère que la vraie Laura, si chère à mon cœur, appréciera spécialement cette aventure de gentille petite sorcière!

Natacha Godeau

Tout de blanc feutré
Clochettes, Abracada Bra
La magie Opère.

Miss Paty